DISSERTATION

LITTÉRAIRE ET BIBLIOGRAPHIQUE

SUR

DEUX PETITS POÈMES SATIRIQUES ITALIENS,

Composés dans le XVIme Siècle.

PAR L.-J. HUBAUD,

MEMBRE DES ACADÉMIES DE MARSEILLE, DE DIJON,

D'ARCHÉOLOGIE DE BELGIQUE, ETC.

MARSEILLE.

TYP. ET LITH. BARLATIER-FEISSAT ET DEMONCHY,

Place Royale, 7 A.

1854.

DISSERTATION

LITTÉRAIRE ET BIBLIOGRAPHIQUE

SUR

DEUX PETITS POÈMES SATIRIQUES ITALIENS,

COMPOSÉS DANS LE XVIme SIÈCLE.

Le savant auteur du MANUEL DU LIBRAIRE, dans la Préface
(pag. VI-VII) de sa quatrième édition, nous apprend qu'il a
quelquefois fait usage d'un Manuel bibliographique, manuscrit,
rédigé par Magné de Marolles, qui lui a fourni un certain
nombre de notes curieuses. Malheureusement ces notes ne
sont pas toutes exemptes d'inexactitudes ; il me paraît d'autant
plus essentiel de les rectifier, qu'elles se trouvent consignées
dans un ouvrage qui jouit d'une réputation aussi grande que
justement méritée.

Une de ces notes est relative à deux petits poèmes italiens,
très-peu connus, attendu leur extrême rareté. Ma présente
Dissertation aura pour objet, en partie, de relever les erreurs
de Magné de Marolles et, par occasion, celles de quelques
autres littérateurs et bibliographes qui l'ont précédé, lesquels
n'ont pas apporté toute l'attention nécessaire dans ce qu'ils
nous ont dit au sujet de ces opuscules, et se sont copiés ser-

vilement l'un l'autre, sans trop se donner la peine de recourir aux sources qu'il convenait de consulter. Je me servirai principalement, à cet effet, des ouvrages mêmes dont je m'occupe en ce moment. Ces deux opuscules, ou poèmes, sont ·

Puttana (*la*) *errante.* — *La Zaffetta* (Venetia, 1531), *in-8°.*

Tel est le titre de cet article qu'on lit dans le Manuel du Libraire, par M. Jacques-Charles Brunet, quatrième édition, tom. iii, pag. 878, col. 2. La note de Magné de Marolles, qui est à la suite, étant trop longue pour la répéter ici, je renvoie à cet excellent ouvrage. Ma Dissertation en différera sensiblement, sur plusieurs points.

L'auteur italien ne décrit pas, comme le dit improprement Marolles, la vie d'une courtisane de Venise appelée *Angela*, qu'il désigne sous le nom injurieux de *Zaffetta*, c'est-à-dire, en langage vénitien, fille d'un sbire. Ce surnom, quoique tiré de la profession de son parâtre, et non de son père, était donné à cette femme, non par injure, mais pour la distinguer d'autres courtisanes, ses contemporaines, appelées également *Angela*, telles que *Angela greca*, *Angela longa*, *Angela grassa*, *Angela Sarra* (1), etc. Si ce surnom eût été injurieux, l'Arétin ne lui eût pas écrit sous cette adresse *A la Signora Angela Zaffetta*, des lettres dans lesquelles il la traite honorablement et lui prodigue les louanges.

Dans tout le poème de la *Puttana errante*, on ne trouve pas

(1) On trouve dans le Recueil des Lettres de l'Arétin (*in Parigi*, *appresso Matteo il Maestro*, 1609, 6 *vol. p. in-8°*, *tom. I, fol.* 201; *tom. IV, fol.* 241 *verso, et fol.* 284 *verso*) trois lettres à Angela Sarra, dans lesquelles il la comble d'éloges au sujet de ses charmes, de ses manières, de sa majesté accompagnés d'une certaine modestie.

Généralement en Italie les courtisanes étaient désignées par des épithètes tirées soit de l'état et profession de leurs parents, soit de leur propre personne, soit de leur patrie. Ainsi l'on disait *Gianna Fornara*, *Lorenzina del Forno*, *Antea Sfregiata*, *la Annuzza Guercia*, *Giulia Ferrarese*, *Giulia Romana*, *Giulia da Fano*, *Giulia de li Zitelli*, *Giulia Rossa*, *Isabella Padoana*, *Isabella di Lucca*, *Isabella de la Luna*, etc.

le nom d'*Angela Zaffetta* conformément au passage suivant de l'avis *A i Lettori* : « .... porgo.... quest'Opera, non da me « composta, ma della scomunicata vita, d'vna intemerata « poltrona, il nome della quale per non vituperare il mondo, « si tace. » Elle n'y est appelée que *la poltrona, una gran puttana, questa invitta carogna, etc.*; ensorte qu'à tout prendre, Angela pouvait fort bien se refuser à se reconnaître comme la personne que l'auteur avait en vue.

L'auteur, dans ce poème, ne raconte pas précisément la vie de l'héroïne anonyme, mais après en avoir fait une généalogie infâme et un portrait des plus dégoûtans, ce qui ne concorde guère avec l'amour aveugle que, de son aveu, elle lui avait inspiré,

> Qual tolse a mè, quand'Amor femmi cieco (1).

il feint que cette femme, voyant que l'Ancroia, Marphise et Bradamante, s'étaient signalées par leurs hauts faits d'armes, comme chevaliers errants, en allant à la quête des aventures, veut, à leur exemple, acquérir de la célébrité comme P.... errante. Il l'arme convenablement à son état et décrit ses faits et gestes supposés dans ses courses vagabondes de Venise à Ferrare, à Bologne, dans la Romagne, à Florence, aux Maremmes, à Sienne, à Baccano, à Rome, à Naples, et enfin à son retour à Venise, le tout dans un style approprié au sujet.

Dans le second poème, au contraire, Angela Zaffetta est souvent nommée. Il contient la narration de la vengeance perfide et brutale qu'un Gentilhomme Vénitien prit de cette

---

(1) *Puttana errante stanza* 171. Les stances 18-22 et 59 de la *Zaffetta* fournissent des indices précis sur la liaison qui avait existé entre l'auteur et Angela, et sur la passion qu'il avait conçue pour cette femme.

> Il giovane gentil, che forte amaua,
> Pur che trouasse fide in la Zaffetta.
>
> *(La Zaffetta, st. 21).*

Angela Zaffetta était réellement une belle et galante personne. Voyez à la fin de la Dissertation, ce que j'ai recueilli à son sujet.

courtisane pour un tort assez léger qu'elle avait eu à son égard, puisque, d'après son dire même, ce tort n'aurait consisté qu'en un manque à une promesse de le recevoir la nuit, manque à la vérité en faveur d'un autre amant (1). Il ne se donne pas pour l'amant dédaigné, puisque Angela se lamentant de l'injure soufferte par elle, s'écrie qu'aussitôt que le Vénier le saura, il ne manquera pas d'en faire le conte.

> Come il Venier lo sà, farà nouella
> Perchè aprir non li volsi un di le porte (2).

Par là il a voulu se ménager la faculté de tracer de lui un portrait avantageux.

> Hauea vn amante, ch'è si gentil cosa
> Pieno di gentilezza, e cortesia,
> E se non fusse il ver, non lo diria (3).

Il est possible qu'il n'ait pas osé se vanter de cette vengeance, vile à tous égards et qui témoignait de sa lâcheté, vengeance qui déshonorait bien plus l'ordonnateur que la victime (4). A cet effet, il dissimule son ressentiment, redouble

----

(1)   Credi sta notte con la Dea dormire,
               E trovi un'altro tuo luogotenente.

                         (*La Zaffetta, st.* 22).

       Dio sà, Signora, se mi dolse, e duole
         Il Trent'vn vostro, perchè v'amo e adoro.
         Ma chi mancha a gl'amici di parole,
         Manco li prestaria gli scudi d'oro.

                         (*La Zaffetta, st.* 8).

(2) *La Zaffetta, st.* 67.
(3) *La Zaffetta, st.* 12.
(4) Il finit pourtant par se dévoiler dans les deux derniers vers suivans de l'avant-dernière stance de *la Zaffetta*.

       Venni, e subiai per farui riuerenza,
       Ma dal balcon mi fu data licenza.

de soins et d'empressements pour la mieux endormir, l'invite quelque temps après à une partie de divertissement et, la tenant en son pouvoir, sans être touché de ses supplications et de ses larmes, la livre à la brutalité de la canaille. C'est là ce qu'on entend par *dare il Trent'uno*. Au reste, s'il faut en dire mon sentiment, je crois cette aventure sans réalité et supposée, comme celles rapportées dans le premier poème. Quoi qu'il en soit, le guet-apens, s'il a été exécuté, soit le poème lui-même, fait la honte de l'auteur.

Deux opuscules, comme on sait, portent pour titre *la Puttana errante* : l'un est le poème dont il s'agit ici; l'autre est un dialogue en prose. Les littérateurs ne sont pas d'accord à leur sujet. Les uns veulent que tous les deux soient dus à la plume de l'Arétin ; d'autres lui donnent le dialogue seulement, et attribuent le poème à Veniero. Dans mon opinion, ni l'un ni l'autre ne sont de l'Arétin. Nous n'avons pas à nous occuper en ce moment du dialogue. Le poème appartient incontestablement à Lorenzo Veniero, noble vénitien, digne élève de l'Arétin (1). En voici les preuves :

1° Les stances 3-5, de *la Puttana errante*, contiennent une invocation de l'auteur à l'Arétin; donc l'auteur est un autre que l'Arétin.

2° Dans le poème même de la *Puttana errante*, stance 50, Lorenzo Veniero s'en proclame l'auteur :

> So ch'anco è honesto impazzir da douero,
>> Se non tre volte almen semel in anno.
>> E per ciò'l vostro *Lorenzo Veniero*
>> Ha post'hora il ceruello a saccomanno.

Veniero se nomme encore, mais sans son prénom, dans deux autres endroits (2).

---

(1) Le recueil des Lettres de l'Arétin en contient plusieurs écrites à Lorenzo Veniero, depuis le 24 septembre 1537 jusqu'en octobre 1549. Apostolo Zeno (*Annotazioni sopra la Bibliot. dell' Eloq. ital. di Fontanini*, *tom. II*, *pag.* 46, *col.* 2) place la mort de Lorenzo Veniero en octobre 1550.

(2) *la Puttana errante*, st. 180, et *la Zaffetta*, st. 105.

3° Il se plaint de ce qu'on a attribué son ouvrage à l'Arétin, son patron (en poésie) et déclare avoir composé, à l'effet de prouver le contraire, le poème de *la Zaffetta*, qui en est une sorte de dépendance. Voyez les sept premières stances de ce second poème. Je donne les quatre premiers vers de la 7ᵐᵉ stance.

> Per due raggion, Zaffetta, in stil diuino,
>   Vengo a cantar l'historia de' tuoi fatti,
>   Vna, per dimostrar, che l'*Aretino*
>   I versi de l'*Errante* non m'ha fatti.

Je copie encore la 5ᵐᵉ stance tout entière.

> Ma dir potrete, ei (l'Aretino) t'hà fors' aiutato,
>   A finir l'opra, acciò riesca eterna;
>   Dico di no, perch'io non son sfacciato,
>   Com'è il ladron prosontuoso Berna:
>   Che per hauer l'Orlando scancacato
>   Con rimaccie da banche e da tauerna,
>   Il nome suo ha scarpellato sopra,
>   Come se del furfante fusse l'opra.

D'où l'on voit qu'il se défend même d'avoir été aidé par l'Arétin.

4° L'Arétin ne se serait pas laissé enlever son ouvrage. Tout au contraire, loin de le revendiquer; lui-même l'annonce comme étant l'œuvre de Veniero son élève, dans son *Capitolo* adressé au duc de Mantoue:

> Ma perchè io sento il presente all'odore,
>   Un'operetta in quel cambio galante,
>   Vi mando ora in stil ladro e traditore

> Intitolato: *la Puttana errante*,
>   Dal *Veniero* composto mio creato
>   Che m'è in dir mal quatro giornate inante (2).

____

(2) *Capitolo al duca di Mantoua*, terzetti 32 et 33.

5• Le poème de la P. E. contient à la fin un sonnet, non de Lorenzo Veniero à l'Arétin, comme le dit à tort Marolles, mais de l'Arétin à l'auteur qu'il nomme Veniero : IL DIUIN PIETRO ARETINO ALL' AUTORE.

Se di Messer Virgilio, o Mastro Homero,
  La poesia ricamata, e galante,
  Fusse in lo stil de *la Puttana errante*,
  Gli faria il mondo, d'inchiostro un cristiero.

Perchè nel dir ben mal, id est, ben vero,
  Son le Muse massare, e Apollo è fante,
  E facchine le Rime tutte quante
  De l'ingegno stupendo del *Veniero*.

Che più? per esser *io Pietro Aretino*,
  Mi teneua un gigante, e seco resto,
  Maggior bestia, che vn Prete con Pasquino.
      etc. etc. etc.

6• L'Arétin, dans ses ouvrages, loin de diffamer Angela Zaffetta, comme le fait l'auteur de la *P. E.*, la présente sous un jour favorable, et en donne une idée avantageuse (1).

7• Mazzuchelli reconnaît que le style du poème de la *P. E.* est plus pur que celui dont usait l'Arétin (2).

L'édition originale de la *Puttana errante* parut-elle en 1531, ainsi que l'affirment unanimement les littérateurs et les bibliographes ? Ne serait-ce pas là une erreur ? La supposition de cette date, dont on ne trouve aucun indice dans le livre, repose uniquement sur une phrase d'une lettre de Bernardo Arelio, dit l'*Armelino*, adressée à l'Arétin et datée de Turin le 17 octobre 1531, dans laquelle il lui mande : « Ho veduto di nouo una « puttana errante condotta in fino qua à Turino, à la bella

---

(1) Voyez ci-après à la suite de la Dissertation.
(2) *La Vita di Pietro Aretino, dal conte Giammaria Mazzuchelli* Padova, Comino, 1741, *in 8° fig, pag.* 212.

« festa che li fanno queste madonne intorno (1) ». Je rétablis, d'après le texte original, l'orthographe et la ponctuation altérées par tous les écrivains qui ont reproduit cette phrase (2). Elle forme un alinéa tout entier et isolé. Ni celui qui le précède (3), ni celui qui vient après (4) ne s'y lie, ne s'y rattache. La Monnoye est, à ma connaissance, le premier qui, après l'avoir altérée, l'ait alléguée, se figurant qu'elle lui fournissait un témoignage suffisant pour déterminer la date de l'impression du poème de Veniero ; et les bibliographes venus après lui, se laissant entraîner par son autorité, l'ont suivi aveuglément, sans qu'aucun ait fait réflexion que rien, dans cette phrase, ne donnait à connaître que l'application dût en être faite à ce poème plutôt qu'au dialogue en prose, attribué à l'Arétin, également intitulé *la Puttana errante*, dont l'héroïne mérite ce titre, étant née à Florence, passant de là à Pise et de Pise à Rome. Les expressions *conduite jusqu'ici à Turin, à la belle fête que ces madonnes lui font à l'entour*, ne sauraient s'entendre d'une production littéraire qui est envoyée, apportée, mais non conduite, et un livre n'eût pas été d'un tel intérêt pour ces femmes, qu'elles fissent grande fête à l'entour. D'ailleurs Arélio, en en entretenant l'Arétin, ne se serait pas dispensé d'ajouter quelques grains d'encens en faveur soit de cet écrivain, soit de Veniero. Bien loin de là, à la manière dont il annonce la chose, on voit qu'elle leur est parfaitement étrangère. Quant à moi, je tiens pour certain qu'il s'agit ici, non d'un ouvrage

(1) *Lettere scritte à Pietro Aretino da molti signori*; etc., Venezia, 1551 et 1552. 2 *vol. pet. in-8°. tom, I, pag.* 105.

(2) *A la bella festa* est régi par *condotta*, et à *Turino* l'est par *in fino*.

(3) Voici la fin de cet alinéa : « io non so dirvi altro se non....
« che più il desidero che vedere impicato quel furfante di quel che
« sapete et scriuendo potrette indrizzare le lettere a Padoua ad vn
« M. Gregorio prouana studente in casa di i Merli che hauranno buon
« recapito ».
« Ho veduto di nono *una puttana errante* condotta etc.».

(4) Cet alinéa commence ainsi : « Alli giorni passati furno fatte le
« nozze del signor duca di Mantoua in Casale etc.».

de littérature, mais bien d'une personne véritable et vivante, d'une *courtisane* que ses courses *errantes* et, très-probablement une invitation, avaient *conduite jusqu'à Turin*, *où les femmes de son état, lui fesaient belle fête et* s'empressaient *autour d'elle*. Et ce qui achève de me le persuader, c'est qu'Arélio ne dit pas (avec l'article) « *la* Puttana errante » qui serait le titre de l'ouvrage, mais (avec l'adjectif numéral) « *una* puttana errante » par où il désigne évidemment une courtisane. Si je disais : « Ho veduto *la* Secchia rapita » cela signifierait « j'ai vu le poëme *la* Secchia rapita.» Mais si je disais : « Ho veduto *una* secchia rapita » cela signifierait seulement : « j'ai vu *un* sceau qui a été enlevé ». Ainsi l'on dira, au sujet d'un poème ou autre ouvrage : « Ho veduto *la* Gerusalemme liberata, *la* Tenda rossa, *la* Cicceide legitima, *la* Puttana errante ; » au lieu que, s'il s'agit d'une personne ou d'un objet en général, on dira : « Ho veduto *un* uomo, *una* donna, *una* signora, *una* contadina. *una* massara, *una* puttana (1). » Ce n'était pas, toutefois, Angela Zaffetta, car le poème ne nous apprend nullement qu'elle fît une promenade à Turin. L'expression de *puttana errante* a égaré les littérateurs et les bibliographes. Tout au rebours du singe de la fable qui prenait le Pirée pour un homme, eux ont pris une femme pour un poème. Au reste, l'épithète *errante* accolée à *puttana* n'était pas restreinte à notre Angela : elle était commune à ces femmes qui allaient d'une ville à l'autre exercer leur honteux commerce. Le poème de *la Zaffetta*, stance 90 nous en fournit un exemple :

> Ond'io tengo più bona e più perfetta
> La mia *Errante* Elena ballarina.
> Hor se l'*Errante* (Angela) è più da ben di lei,
> Gran Dio Cupido, miserere mei.

(1) Il en est de même en français. Que l'on dise : « J'ai vu ces jours derniers « *le* Menteur, *l'*Avare, *le* Joueur, *le* Muet », on entendra par là : « j'ai vu ces jours derniers la comédie du Menteur, de l'Avare, du Joueur, du Muet ». Il en est tout autrement si l'on dit : « j'ai vu ces jours derniers, *un* menteur, *un* avare, *un* joueur, *un* muet. Alors ce n'est plus une comédie, c'est un homme que l'on a vu, « *un* menteur, *un* avare, *un* joueur, *un* muet.

Dans ces vers on distingue deux *Errante*, savoir Elena ballarina (la danseuse), maîtresse alors de Lor. Veniero, et Angela Zaffetta. Ainsi la *puttana errante*, dont parle Arélio, n'était pas nécessairement cette dernière, puisque la même dénomination était étendue, ou pouvait l'être, à d'autres courtisanes ; et c'était une de ces femmes qu'Arelio écrit qu'il a vue, et qui s'était rendue à la belle fête que lui avaient apprêtée ses consœurs de Turin.

Une forte raison, à laquelle je suis étonné qu'on n'ait pas songé, et qui me fait rejeter une édition de *la Puttana errante* imprimée en 1531, c'est qu'à cette époque Angela Zaffetta n'avait pas plus de neuf à treize ans. Cet aperçu résulte d'une lettre de l'Arétin à Angela Sarra, en date du mois de juin 1548, dans laquelle il cite la beauté dans les six lustres d'Angela Zaffetta (1), ce qui porterait la naissance de cette femme entre 1518 et 1522. La jeunesse d'Angela est confirmée par un passage d'une autre lettre du même à M. Gianiacopo de Rome, datée du mois de Mars 1552 (2) dans laquelle en parlant d'elle, il l'appelle *la diuina giovane*. Or c'est déjà beaucoup que de traiter de *giovane*, c'est-à-dire, qui est dans l'âge venant immédiatement après l'adolescence, une femme, une italienne, une courtisane qui aurait eu ses trente ans si elle était née en 1522, et trente-quatre ans si sa naissance avait eu lieu en 1518. En aucune sorte cette épithète ne saurait être donnée à une femme de trente-huit ans, ce qui serait si l'année 1514 l'avait vu naître. Il convient de défalquer encore de l'année 1531 un an pour le temps censé avoir été employé par Zaffetta dans ses voyages et exploits amoureux supposés, pour le temps qu'avait dû exiger la composition du poème de Veniero et son impression, ce qui réduirait l'âge de cette jeune fille à celui de

(1) *Lettere di M. P. Aretino*. Parigi, 1609, 6 vol. in-8°, tom. IV, pag. 204. Voici le passage : « In cotal mentre le gratie di qualunque « si può dir' bella ne i venti anni, con quante mai fur' converse « nella forma, con cui la natura stampa la bellezza ne i sei lustri di « Cornelia del Marchese, d'*Angela Zaffetta*, et di Maria Basciadonna, « bisogna che ete. »

(2) *Lettere di M. P. Aretino*, tom. VI, fol. 71 verso et 72.

huit à douze ans. Certes, ce n'eût pas été à un âge aussi tendre qu'elle eût pu prêter matière à forger un poème tel que la *P. E.*, et fournir apparence à mettre sur son compte une série de faits aussi scandaleux.

Les vers du *Capitolo* de l'Arétin, cités ci-devant pag. 8, nous apprennent que cet auteur, pressentant le présent que lui destinait le Duc de Mantoue, lui envoie en retour *la Puttana errante*, opuscule de Veniero, son élève. Ce *Capitolo* et les autres de l'Arétin, réunis avec ceux du Dolce, du Sansovino et autres poètes italiens, ont été livrés à l'impression, pour la première fois, en 1540. Admettons, si l'on veut, que celui adressé au Duc de Mantoue l'ait été manuscrit, trois ans auparavant, c'est-à-dire en 1537, ce serait donc en cette même année 1537 que le poème de Veniero aurait été envoyé à ce Prince. Il dut l'être nécessairement lorsqu'il n'était encore que manuscrit ; car, s'il eût été déjà imprimé et par conséquent connu, il aurait perdu auprès du Duc beaucoup de son prix, le mérite de la primauté. L'impression de la *P. E.* n'a pu donc avoir lieu que postérieurement à 1537. Remarquons que l'envoi ne se composait que de ce seul poème : celui de la *Zaffetta* n'était pas encore sorti de la plume de Veniero, et ne vit le jour que postérieurement à 1541, sans être daté, ce qui aura fait croire qu'il avait été imprimé la même année, simultanément avec le premier.

Quoique le poème de la *Zaffetta* ait été composé après celui de *la Puttana errante*, l'action en doit être censée s'être passée avant les aventures racontées dans ce dernier. Autrement cette femme, après les avoir courues volontairement, eût du regarder comme une bagatelle le *Trent'uno* (1) qu'on lui aurait fait subir. Au lieu que le *Trent'uno* étant supposé avoir eu lieu

(1) Boispréaux (du Jardin) dans sa *Vie de l'Arétin* (la Haye. 1750, *pet. in-12 fig. pag.* 195 *note* 1) prétend que l'expression *dare il trent' uno* peut être rendue en français par *donner le reste*. Il traduit d'une manière encore plus plaisante la dédicace de la seconde Partie des *Ragionamenti* de l'Arétin, *Al* .... *Valdaura reale esempio di cortesia*, par *A la Valdaura célèbre courtisane*. ibid. pag. 190-91.

plusieurs années auparavant, il lui est permis de se poser comme une fillette ayant encore à la bouche le lait de sa nourrice, et Veniero peut lui faire dire :

> Dicea la Zaffa, forse a vna Signora
> Ch'in Venetia ciascun la prima tiene,
> Ch'è *fanciullina*, e'l *latte hà in bocca ancora*,
> A dar questo Trent'vn non sarà bene (1).

Je viens de dire que le poème de *la Zaffetta* n'avait vu le jour que postérieurement à l'an 1541, et voici sur quoi je fonde mon assertion. Dans la 5ᵐᵉ stance de cet opuscule (citée ci-devant pag. 8) est mentionné l'*Orlando innamorato* (de Bojardo) refait par Francesco Berni, dont la première édition étant du mois d'octobre 1541 (2), apporte la preuve irrécusable que le second poème de Veniero n'a pu être imprimé avant cette dite année 1541. Il serait bien extraordinaire qu'il se fût écoulé un intervalle de dix ans entre la composition de *la Puttana errante* et celle de *la Zaffetta*, ce qui serait si le pre-

---

(1) *La Zaffetta*, st. 49.

(2) Cette édition porte sur le frontispice : *Orlando innamorato, nvovamente composto da M. Francesco Berni fiorentino. in Venetia, heredi di Luc. Ant. Giunta, nel mese di ottobre, 1541. in-4°*. L'omission du nom de *Bojardo*, sur le titre, justifie jusqu'à un certain point Veniero d'accuser Berni d'avoir prétendu se faire passer pour l'auteur de ce poème dont il n'a fait que changer et améliorer la versification. Berni mourut en 1543.

Je remarque que Veniero avait déjà attaqué Berni dans la 173ᵉ stance de la *Puttana errante*, sans le nommer toutefois, mais en le désignant suffisamment par ses pièces de poésie. Je copie les quatre derniers vers de cette stance :

> Questi, i suoi gesti infami han celebrati
> Con rime digne da banchi, et da chiassi
> Con quel Poeta, ch' a fatt' immortali
> I *Cardi*, le *Primiere*, e gl' *Orinali*.

Les trois *Capitoli* de Berni, *in lode de' Cardi*, *in lode dell' Orinale*, et *in lode de la Primiera*, se lisent dans le tom. I des *Opere burlesche del Berni, del Casa, del Varchi* etc.

mier était sorti de sous la presse dès 1531. Nouvelle raison à ajouter contre l'authenticité de cette date.

On pourra m'opposer, je le sais, le passage suivant d'une lettre de Jo. Alexandre Zancho, dit le *Poetino*, à l'Arétin : .... « per quanto (**M.** Hiérolimo verita) mi scrisse in vna sua « (lettera) pregandome vi volessi chiedere *la Zaffetta corretta* « et *la errante.* .... *Padoua, adi* XXVI *Marzo* MDXXXVI (1) » ce qui reculerait l'impression de ces deux opuscules. Mais il faudrait supposer ou que de l'*Orlando innamorato* de Fr. Berni il aurait été fait une édition, aujourd'hui perdue et ignorée, plus ancienne que celle de 1541 et antérieure à 1536, ou bien que la 5ᵉ stance de la *Zaffetta* a été ajoutée depuis ou, du moins, renforcée de la tirade contre Berni. L'une et l'autre de ces suppositions ne sont guère admissibles. Il est vraisemblable qu'il a été omis un x dans la date de la lettre et qu'il faut lire MDXXXXVI (1546). Dès lors tout s'arrange parfaitement. On sait, au reste, que ces erreurs typographiques sont assez fréquentes.

Résumons-nous et concluons. Il résulte de ce que dit l'Arétin dans sa lettre du mois de juin 1548 au sujet de la beauté d'Angela dans ses six lustres, qu'elle était née entre les années 1518 et 1522 ; qu'en 1552 elle avait trente-quatre ou, au moins, trente ans, ce qui justifiant avec quelque peine l'épithète de *giovane* qu'il lui donne dans sa lettre à Gianiacopo, de cette dernière date, s'oppose à ce que sa naissance soit renvoyée à une époque plus reculée ; qu'en 1530, un an devant être déduit de 1531, pour le temps des voyages, de la composition de l'ouvrage et de l'impression, elle avait huit, tout au plus douze ans ; qu'à cet âge enfantin elle n'avait pas pu fournir à Lor. Veniero l'occasion, ni même lui inspirer la moindre idée des horreurs auxquelles il la fait s'exposer ; qu'en conséquence son poëme de *la Puttana errante* n'a pas été mis au jour en 1531, et qu'il faut en avancer la composition de plusieurs années, sans s'arrêter à la phrase de la lettre d'Arelio qui est étrangère à la personne d'Angéla et encore plus au poëme de

____

(1) *Lettere scritte a P. Aretino da molti signori, etc. tom. I pag.* 300.

Veniero. — De plus, d'après la 5e stance de *la Zaffetta* , dans
laquelle est relaté l'*Orlando innamorato* refait par Fr. Berni
et imprimé pour la premiere fois en octobre 1541, ce second
poème de Veniero n'a pu être publié avant cette année 1541 ;
et rien, à mon jugement, ne balance un témoignage aussi
formel. Ainsi la date de 1531, que les bibliographes italiens et
français assignent à ces poèmes est fausse ; elle est plus
moderne et doit être redressée , ce que je laisse à faire à des
gens plus instruits que moi qui serais tenté de l'établir à 1539
pour le premier, et à 1542 pour *la Zaffetta*. — Cependant
Mazzuchelli (1) rapporte de la *Puttana errante* une édition : *in
Venezia, per Venturino Ruffinello, ad istanzia d'Ippolito Ferrarese* , 1538 *in* 8°.; et , à la rigueur, elle serait possible. Pour
accorder la chose , il serait nécessaire de porter la naissance
d'Angela à l'an 1520. En 1552 elle aurait eu trente-deux ans ,
et l'épithète de *giovane* aurait pu lui être accordée à la faveur
d'un peu de courtoisie. En 1537, c'est-à-dire, un an avant cette
édition dite de 1538, elle serait entrée dans sa dix-huitième
année ce qui, toujours à la rigueur, et en lui supposant une
certaine précocité, aurait permis à L. Veniero de prêter une
ombre de vraisemblance aux aventures qu'il suppose qu'elle a
recherchées.

Il est positif que le poème *la Puttana errante* parut d'abord
seul. Le sonnet de l'Arétin adressé à Veniero est à la fin
de cet opuscule, qu'il envoya seul au duc de Mantoue. Celui
de *la Zaffetta* fut publié quelque temps après, séparément
aussi, puisque Veniero affirme l'avoir composé pour deux rai-
sons, dont l'une est pour démontrer que l'Arétin n'avait eu
point de part au poème de *la P. E.* Les deux pièces ne furent
réunies que dans des éditions subséquentes.

Cela posé, j'en tire la conséquence que des deux éditions
que possède la Bibliothèque impériale, celle en caractères cursifs
qui y est classée sous les n°s Y. 1445 et 1455*, par la raison
qu'elle renferme les deux poèmes de *la Puttana errante* et de
la Zaffetta, non seulement n'est point l'originale, n'est point

(1) *La Vita di P. Aretino. pag.* 208.

de 1531, mais même qu'elle doit être postérieure aux impressions du volume (de la même Bibliothèque où il porte la marque de la simple lettre Y) qui comprend les deux poèmes, imprimés chacun séparément, puisque le premier, dont les pages n'offrent que trois stances, est exécuté en lettres rondes, tandis que l'autre, qui contient quatre stances à la page, l'est en caractères italiques. Au reste ces éditions séparées sont très mauvaises, pour le tirage surtout. Passons à la description de ces dernières.

LA PUTTANA ERRANTE pet. in-8°. Les signatures A-E sont toutes de 8 feuillets, à l'exception de la dernière E qui n'en a que 4. — 1er feuillet recto : ce titre entouré de vignettes en bois, LA PUTTANA ERRANTE DI MAF. VEN. Le verso blanc. — Au 2me feuillet est un portrait gravé en bois, sous lequel on lit : *Maf. Ven.* Au verso un avis de l'auteur, *A i Lettori.* — Le 3me feuillet est blanc. — Au 4me feuillet, signaturé A. 4, commence le poème qui finit au verso du feuillet E. 3. — Le feuillet signaturé E. 4, présente au recto un sonnet de *Pasquino alli Lettori*, et au verso un autre sonnet de *il Diuin Pietro Aretino all'Autore.* — Ce poème, en IV chants, contient 185 stances numérotées.

LA ZAFFETTA se compose de 16 feuillets, signatures A et B, chacune de 8 feuillets. — 1er feuillet recto : LA ZAFFETTA DI MAF. VEN. (avec entourage de vignettes gravées en bois). Au verso de ce faux titre se trouve également un portrait gravé en bois, et au bas *Maf. Ven.* — Le poème commence au recto du 2me feuillet et se termine à la moitié du 16me feuillet recto, il est en un seul chant de 114 stances non numérotées. Au reste, puisque ces éditions portent, pour nom d'auteur, *Maf. Ven.* (iero), ce ne sont point les éditions originales.

D'après cette description exacte, on verra combien Apostolo Zeno (1) se trompe quand il s'est figuré que ces poèmes n'ont été mis sous le nom de Mafeo Veniero que dans l'édition de *Lucerna, 1651*, pet. in-8°. On y a seulement ajouté la qualifi-

____

(1) *Annotazioni sopra la Bibliot. dell'Eloq. ital. di Fontanini, Venezia, Pasquali, 1753, 2 vol. in-4°, tom. II, pag. 83.*

cation d'*Arcivescovo*, il se trompe encore quand il avance que le chant de la *Zaffetta* avait été imprimé en 1531 : il fait erreur de dix ans au moins.

Parmi les lettres du même Apostolo Zeno (1), il en est une datée de Vienne, 6 novembre 1723, relative à Lorenzo Veniero, où il rapporte que ce disciple de l'Arétin fit imprimer à Venise en 1531, un livre *in ottava rima*, divisé en trois chants, intitulé *Della Puttana errante Canti tre*, auquel il en ajouta un autre, en un seul chant, sous le titre de *il Trentuno*; qu'au surplus, lui Zeno ne peut donner le titre exact ni de l'un ni de l'autre (et non pas seulement de *la P. E.*, comme dit inexactement M. de Marolles), attendu qu'à l'exemplaire unique qu'il ait vu de cette édition, et qui lui fut montré par le Baron Philippe de Stosch, prussien, manquait le frontispice (2) ; que le *Trentuno* est suivi de deux sonnets d'un anonyme (*d'incerto*) à la louange de Veniero, sans pourtant le nommer. Il croit bien que sur le frontispice se voient les trois lettres L. V. V., initiales du nom de l'auteur *Lorenzo Veniero Veneziano*. Il cite du premier de ces sonnets les trois vers suivants :

> Legi dunque, lettor, ne le admirare
> Se un Giovene in età, tanto discorre,
> Che mirabil non è quel ch' il ciel vole.

Ces sonnets et notamment ces trois vers ne se trouvant dans aucune des deux éditions que possède la B. I., j'en tire la conséquence que celle qu'a vue Apostolo Zeno est différente. Il paraît que Mazzuchelli (3) a eu connaissance de la même, car il ne donne également à *la Puttana errante* que trois chants

(1) *Lettere di Apostolo Zeno*, etc., Venezia, P. Valvasense, 1752, 3 *vol. in-8°, tom. II, pag.* 296.

(2) « Non vi mando il preciso titolo *ne dell' una, ne dell' altra* « *opera*, poiche l'unica copia ch' io ho veduto di questa edizione, « mostratami dal Sig. Barone Felippo Stoschio, prussiano, era « diffettosa del frontispicio. »

(3) *La Vita di P. Aretino*, Padova, Comino, 1741, *in-8°, fig. pag.* 208.

contenant 138 stances en tout (1). L'assertion, accompagnée de détails aussi précis, de ces deux littérateurs, d'ailleurs assez exacts, me porte à conjecturer que cette édition, en III chants, est antérieure à celles de la B. I. qui sont en IV chants et en 185 stances, non compris le chant de *la Zaffetta*; qu'elle pourrait bien être l'originale, et que le IVeme chant n'a été ajouté que dans les éditions qui sont venues après.

Les observations que je viens d'exposer sont subordonnées aux deux questions suivantes pour lesquelles les deux littérateurs ci-dessus nommés ne fournissent pas des éclaircissements suffisants.

1° L'exemplaire, ou les exemplaires, qui ont passé sous les yeux d'Apostolo Zeno et de Mazzuchelli, étaient-ils complets en l'état? ou bien, tout comme le frontispice manquait, le IVeme chant de *la P. E.* y manquait-il aussi? Si, cependant, sur le titre on lit réellement *Della Puttana errante Canti tre*, c'est une preuve que ces exemplaires étaient complets en trois chants, les seuls qui eussent encore paru.

2° Le chant *il Trentuno* (ou *la Zaffetta*) faisait-il partie du volume? ou bien l'édition en avait-elle été faite à part et postérieurement, et l'avait-on jointe ensuite à celle de *la Puttana errante*?

De la solution de ces questions dépend la valeur du témoignage d'Apostolo Zeno, et de la conclusion que j'ai essayé d'en tirer.

Apostolo Zeno assure que *la P. E.* est dédiée à l'Arétin (2). Magné de Marolles en conclut que cette édition n'est pas la même que celle que lui Marolles décrit, laquelle n'a pas cette dédicace. Elle ne se voit pas non plus dans celle qui me sert. Se trouverait-elle seulement dans l'édition originale et dans quelque autre ancienne? ou bien Apostolo Zeno aurait-il voulu entendre, par *dédiée à l'Arétin*, l'invocation de l'auteur à

______

(1) « Poemetto ... di *tre* brevi *canti*, e di 138 *stanze in tutto* » Il est certain que les trois premiers chants ne comprennent que 138 stances.

(2) «...... *La Puttana errante* è dedicata dall' autore à l'Aretino.

l'Arétin, renfermée dans les stances 3-5 de *la Puttana errante*
dont voici le commencement :

3

> Supplico te , grandissimo *Aretino* ,
>   Plusquam perfetto , da ben , e cortese
>   Pe'l tuo spirto Satirico e Diuino
>   Che tiene al nome eterne torcie accese ,
>   Ch'a me , ch' oggi t'honoro a capo chino ,
>   Presti tanto di lingua , che palese
>   Faccia , de l'Arsenal fin a la Tana
>   L'opre poltrone d'vna gran Puttana.

4

> Io t'en prego , *Aretin* , per quel terrore
>   Che ne' vitii de Principi ogn'or metti ,
>   etc., etc., etc.

Magné de Marolles qui , d'après quelques légères différences
qu'il a cru apercevoir entre l'édition qu'il décrit et celle qu'a
vue A. Zeno , soupçonne que ce n'est pas la même, n'a pas
porté son attention sur deux différences plus essentielles ,
savoir, que son édition est en quatre chants , au lieu de trois
seulement dont se compose celle du littérateur italien ; et
que celle-ci a de plus deux Sonnets d'un anonyme qui manquent
à celles en quatre chants. Je dis : .... *différences qu'il a cru
apercevoir* , parce qu'elles ne sont qu'apparentes. Il argüe du
titre *il Trentuno* , donné par Apostolo Zeno , au lieu de *la
Zaffetta* , sans se rappeler que ce littérateur prend soin
d'avertir qu'il ne peut transmettre l'intitulé précis , vu le
manque de frontispice. Et quant à la dédicace à l'Arétin , A.
Zeno a bien pu entendre par là l'invocation adressée à l'Arétin.

Une aventure, du genre de celle arrivée à Lorenzo Veniero,
auteur de *la Puttana errante* , a du donner lieu à un petit
opuscule, imprimé vraisemblablement à Venise vers 1550, et
intitulé : *Bravata che fa uno Giovane innamorato d'una Corte-
giana , et lei dandogli la baglia, mai gli volse aprir la porta ;
cosa da ridere (senza luogo ne anno)* , in-8° de 4 ff. avec une

gravure singulière au-dessous du titre. — C'est une facétie satirique dirigée contre une courtisane. Les vers sont en italien et en patois vénitien. (1) — Il est assez singulier que deux cas, dont le fond paraît semblable, se soient tous les deux passés à Venise et à peu près dans le même temps.

Veniero, dans *la Zaffettu*, *st.* 67, fait dire à Angela : « Perche *aprir non le volsi* vn di *le porte.* »

On lit sur le titre de l'opuscule anonyme : « Mai *non gli* « *volse aprir la porta.* »

Comme je ne connais le dernier ouvrage que par l'annonce que j'en ai lue dans le catalogue des livres de M. Libri (1), il m'est impossible de juger du degré de ressemblance que le sujet peut avoir avec celui du poème de Veniero. Mais j'aime à me persuader, pour l'honneur du jeune homme, qu'il se borna à la publication de cette satire, sans pousser sa vengeance au point que nous retrace le poème de *la Zaffetta.*

Nous avons vu éclore en France quelques écrits satiriques en ce genre ; les uns en prose, tels que *La Nouvelle du révérend père en Dieu et bon prélat de notre mère sainte église, demorant en Avignon..... avec le deschiffrement de ses tendres amourettes.... par.... maistre Colin Royer. Troyes, Nic. Paris*, 1546, *pet. in-4°.— La Vie et Actes triomphans d'une Damoiselle nommée Catharine des Bas-Souhaitz ; par J. de la Roche, Baron de Florigny*, in-8° de 80 pages.— *Les OEuvres satiriques de P. Corneille Blessebois. Leyde (Elzevier)* 1676, *pet. in-12. — Lupanie* 1688, *pet. in-12. — Histoire amoureuse des Gaules*, etc. D'autres en vers : *L'Enfer de la Mère Cardine* 1583, in-8° (2). — *La Mazarinade, par F. Scarron. — La Comtesse d'Olonne, comédie galante en quatre actes* (attribuée

____

(1) *Catalogue de la Bibliothèque de M. L. (Libri).* Paris, Silvestre 1847, *in-8°*, n° 1665. Un exemplaire rel. en mar. vert, y fut vendu F. 20, 50.

(2) J'en ai vu l'édition suivante qui n'est mentionnée nulle part : *l'Enfer de la Mère Cardine*, etc. Paris, chez Iean de Carroy, au mont St.-Hilaire, rue d'Escosses, sans date *pet.* in-8° de 40 *pages* chiffrées, y compris le feuillet du frontispice, portant 30 et même 31 lignes sur les pages entières, lettres rondes.

à Bussy Rabutin). Paris 1681, in-12 (1). — Les fameux *Couplets*, mis sur le compte de J. B. Rousseau, et qui furent la cause de son bannissement. — *Les Philippiques, Odes, par la Grange Chancel.* Paris 1795, *in-12.* — etc. Mais quelque effrénés et obscènes que soient ces ouvrages français, ils sont bien loin d'égaler, ni même d'approcher des poèmes de Veniero dont les monstruosités, non-seulement invraisemblables, mais encore poussées à l'absurde, impossibles à être mises à exécution, laissent bien loin derrière elles tout ce que l'Arétin, son maître, a jamais écrit.

(1) Il existe, sous ce titre, deux comédies très différentes, quoique le sujet en soit le même. L'une est en un seul acte formé de scènes très décousues. L'autre est en quatre actes fort courts et dont les scènes ne sont pas plus liées. Je ne sais laquelle appartient à Bussy Rabutin, ni même si aucune lui appartient. M. Brunet, *(Manuel du Libraire,* 4ᵉ *édition, tom.* I, *pag.* 504, col. 2) ne fait mention que d'une, sans expliquer laquelle il entend. La plus mauvaise est celle en quatre actes : je la donnerais volontiers à P. Corneille Blessebois, l'ayant vue imprimée à la suite de *Marthe le Hayer, ou Mademoiselle de Scay,* petite comédie de cet auteur qui vaut encore moins.

J'ai promis de dire quelque chose au sujet de cette Angela Zaffetta contre laquelle Lorenzo Veniero n'a pas rougi de vomir les injures les plus atroces, qu'il a calomniée de la manière la plus indigne. Le procédé de cet homme à son égard la justifie pleinement de n'avoir plus voulu le recevoir. Ayant compris de quoi il était capable, elle s'éloigna de lui : *inde iræ*.

Au dire de Lor. Veniero, Angela se prétendait fille du procureur, ou chargé des affaires de la famille Grimani.

> E fassi figlia del Procuratore
> Da cà Grimani ch' a sua madre ria
> Già fece a che l'è dentro, a che l'è fuore (1)
> etc., etc.   *(La Zaffetta, st. 14).*

Angela était donc une fille naturelle, dont la mère eût ensuite pour mari, ou pour amant, un certain Borrino, sbirre *(Zaffo)* de profession, qui devint le père adoptif d'Angela, d'où celle-ci reçut le surnom ou, si l'on veut, le sobriquet de *Zaffetta*.

Malgré le portrait odieux que Veniero veut faire d'Angela, et qu'on s'aperçoit bien lui avoir été dicté par le dépit et la jalousie, la beauté de cette femme ne saurait être révoquée en doute. Je produirai en témoignage la pièce de vers suivante, un peu impie, il est vrai, à sa louange : *(in laude di una Signora Angela Zaffetta)*.

> L'esser priue del cielo
> Non sono hoggi i tormenti
> De le mal nate genti,
> Sapete voi che doglia
> L'alme dannate serra?
> Il non poter mirar l'*Angela* in terra.
> Sol la inuidia, e la voglia
> Ch'elle han del nostro bene
> E'l non hauer mai di vederlo spene,

---

(1) Expressions dont le sens est obscène et dont on peut prendre une idée dans le conte scandaleux rapporté par Brantome dans ses *Vies des Dames Galantes*, faisant partie de ses œuvres, édition de *la Haye*, 1740. 15 *vol. pet. in-12, tom. III, pag.* 441.Voyez aussi *Scelta di Prose e Poesie italiane*. Londra; 1765, *in-12, pag.* 218, *lig.* 18.

Le afflige a tutte l'hore ,
Ne l'eterno dolore.
Ma se concesso a lor fosse il suo viso,
Fora lo inferno vn nuouo paradiso (1).

J'ai rapporté ci-dessus (pag. 12 , note 1) le passage d'une lettre de l'Arétin à Angela Sarra, dans laquelle il fait l'éloge de la beauté d'Angela Zaffetta à l'âge de vingt-cinq à trente ans. «.....*la bellezza ne i sei lustri d'Angela Zaffetta.*» Je citerai une autre lettre en date du 15 décembre 1537 écrite par l'Arétin *a la Signora Zaffetta* , elle-même , où il s'exprime ainsi : «.... pratiche honoreuoli godono de *lu gentil bellezza che vi fa* « *splender rarissimamente.*» Cette même lettre est remplie des louanges d'Angela. L'Arétin lui donne la palme sur toutes les femmes (de son état) qui furent jamais. Elle sait si bien départir ses caresses et ses nuits (2) qu'on n'entend jamais chez

(1) Angela pouvait avoir à cette époque quatorze à dix-huit ans. Ces vers se lisent dans la troisième journée de la seconde Partie des *Ragionamenti* di M. P. Aretino , édition de *Cosmopoli* , 1660, *in-8°*, *pag.* 400 ; l'éditeur de laquelle, au 6ᵐᵉ vers, au lieu de *mirar*, a mis sottement *micar*, et a fait sur ce dernier mot une note offrant la plus insigne bévue qu'il se puisse , ce qui lui arrive fréquemment, pour ne pas dire toujours, dans ses postilles. L'édition (seconde) de 1584 (1649), in-8°, pag. 279 de la seconde Partie , n'a pas fait la faute et porte *mirar*.

(2) Ceci mérite une explication. D'après une usance pratiquée à Venise, une courtisane, d'un certain ordre, avait ordinairement six à sept gentilshommes pour amants, et chacun d'eux, tour à tour, avait une nuit de la semaine où il venait souper et coucher avec elle. Le jour était laissé libre à la femme pour disposer d'elle et se pourvoir comme bon lui semblait. Si, cependant, un étranger, ayant la bourse bien garnie, lui faisait des offres pour passer la nuit avec elle , elle n'avait garde de refuser cet oiseau de passage , en ayant soin d'avertir celui de ses amants à qui cette nuit était échue, de venir dans le jour, s'il voulait la voir, attendu que cette nuit elle attendait la visite d'un étranger. Ces amants lui donnaient tant par mois ; mais dans ses conventions avec eux, elle se réservait toujours la liberté de recevoir et héberger la nuit un étranger. Bandello, qui rappelle cette coutume des courtisanes de Venise, la croit particulière

elle quereller, jurer, gémir. Il vante sa conduite envers ses amants, sa discrétion de recevoir ce qu'on lui. donne, sans ravir ce qu'on ne lui donne pas. Elle ne fait pas naître le soupçon, ni ne met en jalousie qui n'y pense pas. Elle ne joue pas l'amour, ni les évanouissements. Sa servante n'est pas stilée à jurer à un amant que sa maitresse ne boit ni ne mange plus et qu'elle a été sur le point de se pendre, ayant appris qu'il était allé voir une autre femme. Elle n'a pas les larmes à son commandement. Elle agit avec loyauté. L'envie, la médisance lui sont étrangères. Elle accueille la vertu et honore les gens vertueux, etc. Dans une autre lettre du même à la même, datée du mois de décembre 1548, il lui dit : « .... lascio risponderle « *alla vostra beltà gratiosa.* » Le même auteur, dans une lettre à M. Gianiacopo de Rome, datée de Venise 1552, glisse quelques mots sur Angela Zaffetta, convive d'un dîner où assistaient l'ambassadeur de Mantoue, Monseigneur Torquato Bembo, le Sansovino et le Titien. Il la représente comme *la piu bella, la piu dolce, e la piu costumata madonna che habbia Cupido in sua corte,* et l'appelle plus bas *la diuina giouane.* Ailleurs il exalte sa loyauté au jeu contre l'ordinaire des courtisanes, en ces termes : « E per una (meretrice), che giuochi « con la bontà de la magnanima Lucretia Ruberta, e con *la* « *lealta de la generosa Angela Zaffetta giouani* illustri, ne « trouerete le dozzine, che si cacciano adossso a chi gioca « con esse, in foggia di zecche asinine (1).

J'ai parlé de la beauté en général d'Angela Zaffetta, les notions me manquent pour entrer dans les détails. Je vais

à cette ville. (*Novelle del Bandello.* Londra, S. Harding, 1740. 4 *tom.* en 3 *vol. pet. in-4°. Terza parte, Novella* XXXI). Palaprat, dans son *Discours sur le Muet,* ajoute que ces amants négocient et agiotent leurs jours et les troquent quand leurs affaires ne leur permettent pas de profiter du jour (ou plutôt de la nuit) qui leur est échu par leur traité de partage. (*Œuvres de Brueys et Palaprat.* Paris, Briasson, 1755. 5 *vol. pet. in-12 tom. II, pag.* 109.

(1) *Ragionamento del diuino Pietro Aretino, nel qvale si parla del gioco con moralita piaccuole.* 1589, *pet. in-8°, pag.* 147 *recto.*

pourtant essayer d'en effleurer quelques-uns d'après les légers indices que j'ai recueillis.

Nous lisons dans le poème de *la Zaffetta*, *stance* 50 :

. . . . .ell' ha le carni . . . . . .

. . . .

. . . .

E nere, etc.

Rabatant de l'exagération provenant de la malveillance de l'auteur, nons dirons, au lieu de noire, qu'Angela avait la peau brune. Si elle eût été blonde, la mode et le goût consignés dans les écrits des auteurs de ce temps, auraient fait célébrer ses *cheveux d'or* (1), et l'Arétin, tout le premier, n'y aurait pas manqué, lui qui, au commencement de la seconde partie des *Ragionamenti Giornata prima*, fait dire par la Nanna à la Pippa sa fille : « . . . . Non basta l'esser buona robba, hauer « belli occhi , *le treccie bionde*, etc. » Et plus bas : « . . . . ho « visto la putta, ella ha le treccie che paiono *fila d'oro*, ha due occhi che disgratiano vn falcone, etc. » Veniero n'eût pas osé risquer une imputation qui eût été une contre vérité trop sensible ; il aurait été obligé de lui chercher un autre défaut que d'avoir la chair noire. Angela était donc brune. Les épithètes de *gentile*, *gratiosa*, dont la gratifie l'Arétin, semblent exclure une stature élevée et indiquer une taille moyenne. Son haleine était douce et pure. Veniero prétend que c'était grace aux odeurs dont elle fesait usage (2). Mais Veniero

(1) Les vénitiennes étaient si jalouses d'avoir les cheveux blonds, qu'elles ne craignaient pas, dans le fort de l'été, de s'exposer à l'ardeur d'un soleil brûlant pour acquérir ce genre de beauté.

> Poi quando Febo quasi abbrucia il mondo,
> Stan le femmine pazze un giorno al sole
> Per farsi bianchi i denti e'l *capo biondo*.

Voyez *Capitolo del signor Averano Seminetti* dans le livre *Scelta di Prose e Poesie Italiane*. Londra , 1765, *in* 12, *page* 219.

Il y a toute apparence que ces dames avaient la précaution de garantir leur teint au moyen d'un masque dont elles couvraient leur figure.

(2) *La Zaffetta*, *st.* 50.

tâchait de la dénigrer autant qu'il pouvait. Sa figure et son regard portaient le voile de l'honnêteté « voi, più ch'altra, « hauete saputo porre al volto de la lasciuia, la mascara de « l'honestà (1). » Ici je suis forcé de m'arrêter, mes conjectures ne s'étendant pas plus loin. Un autre, mieux renseigné que moi, pourra compléter, ou même rectifier, le portrait que j'ai commencé à esquisser.

Angela Zaffetta tenait le haut bout parmi les courtisanes de Venise (2). Parfumée d'ambre, la soie et l'or éclataient avec pompe sur sa personne (3). Jeune, jolie et aimable, elle était courtisée par la jeunesse libertine de Venise (4). Lorenzo Veniero était un des plus assidus (5). Mais apparemment, son caractère violent et porté à la méchanceté inspira à cette femme de l'éloignement pour lui. Furieux de se voir rejeté, jaloux de voir d'autres jeunes gens accueillis à son préjudice, il ne contint plus sa rage qu'il exhala dans ses deux virulents poèmes.

Il peut se faire aussi que, suivant l'usage établi chez les courtisanes de Venise, que j'ai rapporté ci-devant (page 24, note 1), un étranger se fût présenté à Angela qui l'avait reçu, et qu'elle eût oublié, ou négligé, d'en prévenir L. Veniero à qui cette nuit revenait. Celui-ci ayant été éconduit avec la formule banale, *Non si parla, la signora è accompagnata*, frustré dans son attente, en conçut une violente colère dont ses deux poèmes furent le fruit; tant il est vrai de dire avec Boileau :

> Et sans aller rêver dans le sacré vallon,
> La colère suffit et vaut un Apollon (6).

Il paraît, par la lettre de l'Arétin, de décembre 1548, citée plus haut, que Zaffetta quitta son genre de vie pour en mener une plus honnête, car l'Arétin y exprime le respect qu'il

---

(1) *Lettere di P. Aretino, tome 1, fol.* 243.
(2) *La Zaffetta, st.* 49.
(3) *La Zaffetta, st.* 15.
(4) *La Zaffetta, st.* 16-18.
(5) *La Zaffetta, st.* 18, 19 et 21.
(6) *Satire* 1, *vers* 143 *et* 144.

porte à son honneur, «......il rispetto che tengo al vostro
« honore. » Il finit sa lettre par l'inviter à souper le lendemain
soir, chez lui en compagnie du Titien et du Sansovino,
dont l'amitié bienveillante a doublé depuis qu'elle a changé la
vie licencieuse qu'elle tenait en un autre décente «...inquanto
« voi hauete mutata la vita licentiosa in continente. » Ce chan-
gement dut avoir lieu entre le mois de juin 1548 et le mois de
décembre suivant, puisque la lettre de l'Arétin à Angela Sarra,
écrite ledit mois de juin, fait encore figurer Angela Zaffetta
au nombre des belles courtisanes de Venise. La conversion
de cette femme mérite, ce me semble, que sa mémoire soit
vengée et lavée des horreurs que n'a pas craint de lui imputer
Veniero dans ses deux infâmes poèmes.

L'exemple d'Angela fut imité quelque temps après par une
autre jeune et belle courtisane de Venise, nommée Héléna
de Dantzick, laquelle se retira en intention de se marier, et
résolue d'être plutôt servante que de retourner à son ancien
métier. L'Arétin qui nous l'apprend (1) finit ainsi sa lettre à
cette femme, en date d'octobre 1550 : « Puissent prendre
« exemple de vous qui êtes jeune, ces vieilles courtisanes que
« la mort peut à peine corriger de leur vie accoutumée! *Hora*
« *imparino dallo esempio di voi giouane, quelle vecchie cor-*
« *tigiane, che a pena le corregge dal solito viuer, la morte.* »

Je termine ma notice par observer que les invectives de
Lor. Veniero sont bien atténuées, si même elles ne tombent
pas entièrement, par la déclaration exprimée dans les deux
avant dernières stances de la *Zaffetta*. « Je n'ai rien autre
« chose à dire, que je me rappelle, dit-il, sinon que chacun
« tient du babillard. Le monde serait un rassemblement de
« balourds, si ce n'était le passetemps de la médisance. Elle
« est dans le discours ce que sont les assaisonnements dans
« les mets. Le goût humain se complait à dire du mal.
« Ainsi, ô ma *Zaffetta*, appaisez-vous. Si les souverains
« supportent qu'on leur dise des injures, ne vous tourmentez
« pas de ma plaisanterie et, si vous le faites, que Dieu vous

______

(1) *Lettere di P. Aretino*, tom. V, fol. 284 verso.

« le pardonne. Et moi aussi je veux ma part d'honneur. Je
« suis Gentilhomme, capable de faire des présents. Je vins,
« insistai pour vous faire révérence, mais de votre balcon me
« fut donné congé ».

> Altr'io non ho a dir, che mi raccordi,
>> Se non ch' ognun tien lega di cicale,
>> Il mondo saria stanza di balordi
>> Se non fusse lo spasso del dir male.
>> Il mangiar la lucanica, co i tordi,
>> Con gl' aranci, col peuere, e col sale,
>> Cosi il dir male al gusto human non spiace ;
>> Dateui dunque, *o mia Zaffetta,* pace.

> Se i Rè, se il Papa, se l'Imperatore
>> Sopportan che gli sia detto *coglioni,*
>> Del mio burlar non pigliate dolore,
>> E se'l pigliate, pur Dio ve'l perdoni.
>> Anch' io vuò la mia parte de l'honore,
>> Sòn Gentil'huomo, atto a denar de doni,
>> Venni, e subiai per farui riuerenza,
>> Ma dal balcon mi fu data licenza.

Par là il avoue qu'il a voulu se donner le plaisir de médire
(....*il dir mal al gusto human non spiace*), et que ce qu'il vient
de dire est une pure raillerie (*del mio burlar*) dont elle ne doit
pas s'affliger (*non pigliate dolore*).

Ces deux stances me confirment dans l'opinion que le guet-
apens décrit n'est que simulé et n'avait pas reçu d'exécution.
Si l'outrage eût été réellement consommé, à coup sûr Lor.
Veniero n'aurait pas osé exhorter Zaffetta à ne pas se désoler
de son badinage malin, et l'inviter à la paix. Sans doute Angela,
qui était bonne princesse, ne fit que rire de la chose, et n'en
devint que plus fameuse.

En lisant l'article VENIERO *(Dominique)* dans la *Biographie Universelle*, tom. XLVIII. *pag.*, 139, *note* 2, j'y vois que Mazzuchelli dans sa vie de Pietro Aretino, pag. 98, donne quelques détails sur Angela Zaffetta, maîtresse de l'Arétin. Curieux de les connaître, j'ai consulté cette vie (édition de *Padoua, Comino,* 1741, *in-8° fig., pag.* 88 et non 98). Voici à quoi se réduisent ces détails : « Aretino..... amò di poi una certa Angela Zaffetta, publica meretrice. » Si la seconde édition de cette vie *(Brescia, P. Pianta,* 1763. *pet. in-8° fig.)* n'apprend rien de plus, il faut avouer que l'auteur de cette note aurait bien pu se dispenser de nous offrir une citation aussi insignifiante.

En définitive, les principales erreurs dans lesquelles sont tombés les littérateurs et les bibliographes, au sujet des deux poèmes de Veniero, sont celles-ci :

Erreurs de la Monnoye.

1° Cet écrivain est le premier, je pense, qui ait cru voir, dans le passage de la lettre d'Arelio, une allusion au poème de *la Puttana errante*, sans réfléchir que cette allusion aurait pu tout aussi bien regarder le dialogue en prose, présentant le même intitulé, attribué à l'Arétin. 2° Il croit que l'édition originale est de 1531. 3° Il croit certainement, dit-il, que ce poème et celui de *la Zaffetta* sont, non de Lorenzo Veniero, mais de l'Arétin.

Erreurs de Saverio Quadrio.

1° Cet auteur soutient à tort que le poème de *la Puttana errante* est la version en vers du dialogue en prose, portant le même intitulé : ils n'ont pas la moindre conformité. 2° Il attribue tant l'un que l'autre à l'Arétin, niant qu'il soit de Maffeo Veniero, ni de Lorenzo Veniero. 3° Il ne fait qu'un seul poème de *la Puttana errante* et de *la Zaffetta.* 4° Il le prétend imprimé en 1531.

Erreurs d'Apostolo Zeno.

1° Ce n'est pas seulement et pour la première fois, comme il l'avance, que, dans l'édition de *Lucerne,* 1651, *in-8°,* les poèmes (*la Puttana errante* et *la Zaffetta*) furent imprimés sous le nom et avec le portrait de Maffeo Veniero archevêque. 2° Il se trompe encore en soutenant que *la Zaffetta* avait été mise sous presse dès 1531. 3° Dans sa lettre du 6 novembre 1723, précitée pag. 18, non content de ne donner à la *Puttana errante* que III chants, et prenant pour un quatrième chant le *Trentuno* (*de la Zaffetta*), il reprend fort mal à propos la Monnoye pour avoir annoncé *la Puttana errante* en IV chants. Et même antérieurement (*Annotat. sopra la Bibl. ital. di Fontanini, tom. II, pag. 83, col. 1*) il avait restreint à un seul chant *la Puttana errante*, puisqu'en parlant de ce poème et de celui de *la Zaffetta*, réunis dans la réimpression de 1651, pet. in-8°, il dit *i suddetti due canti*. 4° Prenant acte des trois derniers vers suivants de la stance 79 de la *Zaffetta*,

> Scrisser, per ogni muro, e in ogni via
> Come l'Angela Zaffa nel Trent'vno
> A i sei d'aprile, habbia sfamato ognuno.

il en a conclu, un peu inconsidérément, que l'injure soufferte par Angela, l'avait été le 6 avril 1531, tandis que ces vers désignent seulement la date du mois, mais non celle de l'année. 5° Il dit, dans sa même lettre, que *la Puttana errante* est dirigée contre une femme de mauvaise vie, qu'il distingue d'Angela Zaffetta satirisée dans le *Trentuno*. 6° Selon lui, Veniero publia ce poème sous la direction de l'Arétin. Veniero le nie formellement dans la 5ᵐᵉ stance de la *Zaffetta*, déjà citée pag. 8.

Erreurs de Mazzuchelli.

1° Il s'est traîné sur les pas de la Monnoye qu'il cite au sujet de la phrase de la lettre d'Arelio, et a foi à une édition de *la Puttana errante* imprimée en 1531. 2° Il répète l'erreur d'Apostolo Zeno en tirant la même conséquence que lui des trois vers de la stance 79 de la *Zaffetta*.

Erreurs de Haym.

1° Il croit à une édition de 1531 de *la Puttana errante*. 2° Il ne donne que 138 stances, au lieu de 185, à ce poème.

Erreurs de Boispréaux.

Il répète les deux premières erreurs que j'ai reprochées à Apostolo Zeno. Il en ajoute une troisième en faisant *il Trent'uno* de *la Saffetta* (*sic*) de 144 stances : ce chant est de 114 seulement.

Erreurs de De Bure le jeune.

Non-seulement il a foi à une édition de 1531 , mais encore il prend pour l'originale une édition qui contient les deux poèmes de Veniero, tandis que celui de *la Puttana errante* parut d'abord seul, et que celui de la *Zaffetta* ne fut composé que quelque temps après.

Erreurs des Conservateurs de la B. I.

1° Contrairement à leur sentiment, il ne peut pas avoir été fait du poème de *la Puttana errante* une édition en 1531. 2° *La Zaffetta* ne peut avoir été imprimée tout au plus que sur la fin de 1541, ou en 1542. 3° l'édition de la B. I., classée sous le n° Y 1445 et 1455*, n'est point de 1531, ni l'originale. 4° Elle est postérieure aux éditions des deux poèmes imprimés chacun séparément, quoique réunies et reliées ensemble dans la même Bibliothèque sous la marque de la simple lettre Y.

Erreurs d'Osmont.

1° Il croit à une édition de 1531. 2° il croit que le livre *la Putain errante*, *ou Dialogue de Magdelaine et de Julie*, in-12 , est la traduction française du poème *la Puttana errante* : il est la traduction du dialogue sous le même titre, attribué à l'Arétin.

Erreurs de Ginguené.

D'une douzaine de bévues, débitées par ce littérateur, dans quelques lignes de son article sur l'Arétin, faisant partie de la *Biographie Universelle*, *tom.* II, *pag.* 403 et 5 , je m'attacherai aux seules qui concernent le sujet que je traite.

1° Il avance étourdiment que la plupart des bibliographes attribuent le dialogue, *la Puttana errante*, *overo Dialogo di Madalena e Giulia*, à Lorenzo Veniero. De tous les bibliographes je ne sais que Bernard de la Monnoye qui, dans le

Ménagiana, *tom.* IV, avoue avoir cru cela autrefois, et n'hésite
pas à se rétracter. 2° Il ne donne que 138 stances au poème de
Veniero : il en a 185 en IV chants. 3° Il prétend que les meilleures
éditions des *Ragionamenti* de l'Arétin , entr'autres celle des
Elzéviers, 1660, *in-*12, réunissent toutes les pièces dont il a
parlé (parmi lesquelles le poème de Veniero et le dialogue).
Or, de ces éditions, celle de *Cosmopoli*, (*Elzevier*) , 1660, *in-*8°
et non *in-*12, est la seule dans laquelle on trouve le dialogue,
mais non le poème : les autres éditions ne contiennent ni l'un
ni l'autre.

Erreurs de Magné de Marolles.

1° Le surnom de Zaffetta, donné à Angela, ne l'est pas par
injure. 2° L'auteur de *la Puttana errante* ne décrit pas sa vie,
mais seulement quelques aventures supposées. 3° Apostolo
Zéno ne dit pas qu'il y ait une dédicace à l'Arétin séparément
du texte, mais seulement que l'édition est dédiée à l'Arétin ; et
par là il a voulu probablement entendre l'invocation à l'Arétin
comprise dans les stances 3-5 de la *Puttana errante.* 4° Il n'y
a point de Sonnet de Lorenzo Veniero à l'Arétin, mais bien un
Sonnet de l'Arétin à Lorenzo Veniero, ce qui est fort différent.
5° Il admet une édition de 1531 et cite, en preuve, une phrase
d'une lettre d'Arelio qu'il dénature. 6° S'attachant à des rai-
sons vaines et sans valeur, il a méconnu celles qui démontrent
clairement que l'édition, vue par Apostolo Zeno, est une troisième antérieure à celles de la B. I.

Je ne reprocherai aucune erreur aux Dictionnaires Biblio-
graphiques de Cailleau et de Fournier ; mais je leur reprocherai un oubli impardonnable, pour avoir gardé le silence sur
ces deux petits poèmes de L. Veniero excessivement obscènes,
il est vrai, mais que leur extrême rareté signale à l'attention
des bibliophiles.

M. Brunet, dans le dernier alinéa de son article LA PUTTANA
ERRANTE, rappelle qu'Apostolo Zeno, *Bibliot. dell' eloq. ital. di
Fontanini*, tom. II, pag. 82 (1), indique une édition de *la*

(1) Ajoutez : et *Lettere* etc. Venezia 1752, *3 vol. in* 8°, *tome* III,
page 297.

Puttana errante et de *la Zaffetta*, imprimée en 1651, in 8°,
sous le nom et avec le portrait de *Maffeo Veniero arcivescovo*, et
que c'est probablement la même que rapporte De Bure, *Bibliogr.
instr.* n° 3955, sous le titre *Poesie da fuoco di diversi autori*,
etc. in Lucerna, 1651, *in 12*. M. Brunet me semble un peu
trop circonspect à se prononcer pour l'affirmative. De Bure
et, avant lui, Lenglet du Fresnoy (*Biblioth. des Romans, tom.* II,
pay. 302) et Saverio Quadrio (*Storia e Ragione d'ogni Poesia,
vol.* IV *part.* 1, ou *tom.* VI, *pag.* 445), ont soin d'avertir que ce
volume doit avoir deux intitulés qui se suivent : le premier
tel que nous venons de l'annoncer ; sur l'autre se lit : *la
Puttana errante di Maf. Ven.* ; et qu'il y a encore dans ce
recueil, qui est très-rare, d'autres poésies italiennes extrême-
ment vives. Ils ne donnent pas davantage d'explications. Tout
cela s'accorde pour établir l'identité de ce livre avec celui
annoncé par Apostolo Zeno. Ce n'est pas l'indication différente de format qui aura causé l'incertitude de M. Brunet ;
car ce savant bibliographe sait mieux que personne que l'in-8°
de ce temps est d'un petit format qui se rapproche très-fort
de l'in-12.

Ce petit volume, qui est de la plus grande rareté, a été
vendu 15 l. 15 sch. (393 fr. 70), chez Stanley, en 1812, 6 l.
8 sch. 6 d. (160 fr. 65), chez Hibbert, en 1829 ; 4 l. 4 sch.
(105 fr.), chez Hanrott, en 1834. J'ignore si les catalogues de
livres de ces bibliophiles, que je ne suis pas à portée de
consulter, fournissent quelques détails sur les pièces conte-
nues dans ce recueil. *La Cazzaria del C. M.*, pièce de 18
stances en *ottava rima* dont tous les vers finissent alternative-
ment par deux mots que je m'abstiens de copier, suivies de 7
autres stances, aussi en *ottava rima*, pièce qu'il faut bien se
garder de confondre avec le dialogue en prose, sous le même
titre, attribué à Vignali de Buonagiunta, ni avec la traduction
partielle en vers de ce dialogue, connue sous le nom *Il libro
del Perchè* (1), ne serait-elle pas au nombre de ces poésies ?

(1) Puisque j'en suis venu à mentionner ce *Il libro del Perchè*, je me
permettrai de toucher quelques mots, pour suppléer à ce qu'en dit
M. Brunet (*Manuel du Libraire*, IV° *édition, tome* III, *page* 673 *col.* 2),

au sujet de l'édition *Pelusio*, **MMM.D.XIV.**, *petit in* 8° de 91 *pages*. Il pense que ce livre n'est pas antérieur au 18° siècle et qu'il n'y en a pas d'édition plus ancienne que celle-ci, dont il explique la date énigmatique en ne prenant que la moitié de la valeur des chiffres ; ce qui donne 1757. Il y en aurait pourtant une édition de *Pelusio*, 1614, *in* 12, s'il fallait s'en rapporter au catalogue de Floncel, n° 3535, et surtout à une note écrite de la main de l'abbé Rive, note que je vis dans le temps déposée sur son exemplaire de ce catalogue, et dont je pris alors copie. Cette note, que sa trop grande concision rend peu intelligible, consiste en ces termes : *Parigi*, 28 *à la tête*. *Le corps 3-118.— 29 lignes sur les pages qui sont entières*. Voici comment j'oserai interpréter le commencement de cette note. Le feuillet qui vient après le frontispice et qui, conséquemment, est *à la tête* de l'ouvrage, présente l'avis composé de 28 *lignes*, savoir l'intitulé AL PIO LETTORE, en 2 lignes qui sont suivies de 26 vers, le tout imprimé sur le recto : le verso est blanc. Ce feuillet compte pour les pages 1 et 2. Ensuite viendrait *le corps* du texte comprenant les pages 3-118. A part même l'exactitude, plus ou moins douteuse, de la date rapportée, il paraît certain que cette édition contenant 118 pages, dont celles *qui sont entières* ne portent que 29 *lignes*, est autre que l'édition dont parle M. Brunet, laquelle n'a effectivement que 91 pages imprimées (le verso de la dernière est blanc), mais sur lesquelles j'ai compté 30 et même 31 lignes, et je présume qu'elle a dû la précéder. Serait-elle l'originale ?

J'ajouterai encore, au sujet de l'édition du même livre, portant l'indication *Nullibi et ubique, nel* XVIII *secolo, pet. in* 12 de 120 pag., non compris le feuillet du frontispice, qu'elle est augmentée sur les précédentes, de *la Membrianeide*, par G. Antonio Conti, composée de Sonnets et Épigrammes satiriques et obscènes contre le libraire florentin Molini, qu'il déguise, ou plutôt qu'il désigne sous son anagramme *Limoni* qu'il fait suivre de l'épithète *Membriano*. Cette pièce comprend les pages 103-115 du volume et est suivie de trois *Dubbi con Soluzione*, formant les pages 116-118. Le tout est terminé par un feuillet non chiffré dont le recto offre un petit errata de 3 lignes. De plus, à la fin de la *Novella*, après les mots *come fin al giorno d'oggi si vede*, on lit ceux-ci : *essendo fra essi passato in principio che ciò sia il loro* QUINTO ELEMENTO, qui pourraient bien être une addition de l'éditeur.

Au commencement de ma Dissertation j'ai renvoyé à m'occuper plus tard du dialogue en prose, attribué à l'Arétin et qui porte le même intitulé que le poème de Veniero. Voici le moment de remplir cette promesse et d'en entretenir, au moins sommairement, mes lecteurs ; mais ce sera à propos de l'ouvrage suivant.

Dialoghi doi di Ginevra, e Rosana. Composto da M. Pietro Aretino detto il diuino. *Stamp. nella nobil città di Bengodi*, 1584. *pet. in-8°.*

La souscription imprimée sur le recto du feuillet vi signature H, *Stampatà, con bvona licenza (toltami) nella nobil Città di Bengodi, ne l'Italia altre volte più felice , il viggesimo primo d'Octobre M. D. LXXXIV.*, se trouve, mot pour mot, à la fin du *Ragionamento del Zoppino*, dans une des éditions des *Ragionamenti* de l'Arétin, datées de 1584 , ce qui me fait conjecturer que ces deux ouvrages étaient destinés à être joints ensemble. D'ailleurs Apostolo Zeno , au rapport de Mazzuchelli (1) affirme en avoir vu à Vienne un exemplaire où les deux ouvrages étaient réunis. Je ne sais si le caractère de ces deux Dialogues, qui est italique, est pareil à celui des *Ragionamenti* , n'ayant vu des premiers aucun exemplaire imprimé. il semblerait que l'imprimeur (Blado d'Asola) , qui s'est caché sous le masque de Barbagrigia, avait formé le projet de publier une collection complète, quoique par parties séparées, des diverses œuvres érotiques de l'Arétin, ou du moins mises sous son nom.

L'on a dit que ces Dialogues étaient, à très peu de choses près, le même ouvrage que *la Puttana errante*. J'avais élevé plus que des doutes sur cette assertion, ne connaissant pas l'ouvrage. Maintenant, m'en étant procuré une copie manuscrite, fac simile, exacte, je puis en parler avec quelque connaissance. Je dis donc, non pas que ces Dialogues sont, *à très peu de chose près*, le même ouvrage que la P. E., mais que le premier, seulement, de ces deux Dialogues est, *à beaucoup de chose près*, le même ouvrage : on pourrait dire que c'est le même thème en deux versions. Je vais expliquer en quoi ils diffèrent. A part des changements dans les noms propres des personnages, le commencement en est identique et presque mot pour mot ; ensuite on remarque quelques variations dans la diction et dans les expressions. La marche de ce premier Dialogue est pareille à celle de la P. E., sauf quelques particularités ; la fin est différente. Ce premier Dialogue finit au bas de la page 49 : il contient le récit que Rosana (la *Madeleine* de la P. E.) fait de sa vie à Genièvre (la *Julie* de la P. E.) Mais le second Dialogue, dans lequel Genièvre,

(1) *Vita di Pietro Aretino*, Padoua, Comino, 1711. in-8°, *fig. pag.* 206.

à son tour, raconte son histoire à Rosane, n'a aucun équivalent dans l'opuscule la *P. E.*

Maintenant plusieurs questions se présentent à discuter : 1° L'Arétin est-il l'auteur de ces deux ouvrages, ou ne l'est-il que de l'un des deux et, en ce cas, duquel ? ou même ne l'est-il d'aucun ? 2° Lequel de ces deux ouvrages est l'original ? 3° Le Dialogue de la *P. E.* est-il antérieur ou postérieur au Poème de Lor. Veniero dont l'intitulé est le même ?

Sur la première question je répondrai que, quant aux *Dialoghi doi di Ginevra*, l'Arétin ayant cessé de vivre en 1556-1557, ne paraît pas être l'auteur d'un livre imprimé seulement le 21 octobre 1584, c'est-à-dire, vingt-sept ans après sa mort, à moins que, de son vivant, il en eût été fait une édition, plus ancienne par conséquent, laquelle aurait disparu. Antonio Francesco Doni, dans la première Partie de sa Librairie qui contient les livres imprimés, publiée en 1550, parle de deux Dialogues *Delle Donne*, qui sont différents des *Ragionamenti* dont il ne dit pas un seul mot. Il pourrait bien se faire que cette indication dût s'appliquer, non aux *Ragionamenti* dont les deux premières Parties contiennent chacune trois dialogues, mais aux deux Dialogues de *Ginevra et Rosana*, ce qui dans ce cas donnerait à connaître qu'il en aurait déjà paru une édition avant celle de 1584. La Monnoye n'a pas su distinguer ces deux ouvrages qu'il s'est figuré être un seul et le même ; à moins, toutefois, que Doni, par deux Dialogues, n'ait entendu dire deux Parties. Au reste, n'ayant pas à ma disposition sa Librairie, je ne puis m'assurer de la justesse de ma conjecture basée uniquement sur la citation de La Monnoye. Je ne pense pas que ces Dialogues appartiennent à l'Arétin, quoique le second soit assez dans la manière des *Ragionamenti*. Je ne crois pas, non plus, que le Dialogue *la P. E.* doive lui être attribué, sans trop savoir comment justifier mon sentiment et le faire passer dans l'esprit de mes lecteurs.

Abordant la seconde question, je penche à croire que le Dialogue *la P. E.* a paru le premier, qu'un autre auteur l'a remanié, y a ajouté un second Dialogue (1) pour faire suite, et a formé du tout les *Dialoghi doi di Ginevra e Rosana*, changeant les noms des personnages afin de déguiser son plagiat.

Venant à la dernière question, je mets hors de doute que le Poème *la Puttana errante* par Lorenzo Veniero a précédé le Dialogue en prose sous le même titre. L'Arétin, en envoyant au Duc de Mantoue l'opuscule de Veniero, son élève, n'eût pas manqué de lui faire observer que ce Poème n'avait de commun avec le Dialogue que l'intitulé *La Puttana errante*.

----

(1) La composition de ce Dialogue, qui diffère du premier pour la manière et l'esprit, décèle un autre auteur.

Je passe à la description du volume. Il se compose de 8 cahiers de signatures de 8 feuillets chacun. On compte 29 lignes sur les pages qui sont entières, comme à l'édition des *Ragionamenti* que M. Brunet (*Manuel du Libraire*, IVᵐᵉ *édition, tom.* I, *pag.* 154 *col.* I) regarde comme la troisième de celles datées de 1584, et qui, selon moi, est de 1649. Le premier feuillet offre le titre DIALOGHI DOI. DI GINEVRA E ROSANA. COMPOSTO DA M. PIETRO ARETINO *Detto il Diuino*. Au dessous se voit le portrait de l'Arétin gravé en bois et au milieu d'un ovale et, au bas, la date. Le verso du frontispice est blanc. L'ouvrage commence immédiatement au haut du 2ᵉ feuillet recto, de la manière suivante :

DIALOGO PRIMO.

Geneure (*sic*) e Rosana.

Ro. *ʜAi tù veduto, come questa mattina la tortora* etc. (1).

On doit voir que le titre et le nom des interlocutrices sont imprimés en caractères romains, tandis que le corps de l'ouvrage l'est en caractères italiques. Ce premier Dialogue finit au bas du recto du 1ᵉʳ feuillet de la signature D, pag. 49, ainsi :

hor hora, uengo a te.

Iʟ ғine del primo Dialogo.

D   DIA-

Le second Dialogue commence au verso du 1ᵉʳ feuillet, signature D, pag. 50.

DIALOGO SECONDO.

Geneure (*sic*) e Rosana.

Gen. *ʝo nacqui in Venetia*, etc.

il finit au milieu du 5ᵐᵉ feuillet recto du dernier cahier, signature H par cette demi-ligne :

Il mio Nino che Vischia.

IL FINE.

Le verso de ce feuillet est blanc. Sur le verso du feuillet suivant,

---

(1) Le Dialogue *la Puttana errante* commence, on peut dire, de même :

MAD. Hai tu veduto, o Giulia, come questa mattina
la Tortora, etc.

non paginé, se trouve le portrait de l'Arétin, exactement pareil à celui du frontispice et, au dessous, séparée par une barre, la souscription, telle que je l'ai rapportée au commencement de la page 37, mais en caractères romains. Les deux derniers feuillets sont blancs.

Vu l'analogie qui existe entre ces *Dialoghi doi di Ginevra e Rosana*, et *la Puttana errante*, que je regarde, peut-être à tort, comme en étant l'original, je crois à propos de toucher deux mots relativement à ce dernier opuscule dont le titre entier et exact est *La Puttana errante, overo Dialogo di Maddalena e Giulia, di M. Pietro Aretino*, il y en a plusieurs éditions : Une, *in Venezia, senz'anno.* in-12 de 48 pages, citée dans le Catalogue de Floncel, N° 4705, sans doute la même que M. Brunet déclare avoir vue et être de 48 pages. Une autre, *sans nom de lieu, ni date, mais dans le XVII° siècle, in-8°*, citée par Lenglet du Fresnoy. (*Biblioth. des Romans, tom.* II, *pag.* 302), par Saverio Quadrio (*Della Storia e Ragione d'ogni Poesia.* tom. IV ou vol. VI pag. 445), dans le Catalogue de Pinelli (tom. V, pag. 3869); dans celui de Loison (*Paris, Mauger*, 21 *brumaire* (an VII), *in-8°*, N° 403.

Le Catalogue de Floncel, N° 4702, en annonce une troisième sous ce titre : *La Puttana errante overo Dialogo di Maddalena e Giulia, di M. P. Aretino.* 1584, *in-8°*. Comme chez cet amateur, cet opuscule se trouvait réuni avec les *Ragionamenti d'Aretino* (de 1584), je ne me tiens pas fort assuré de l'exactitude de cette date pour la P. E., car il peut bien se faire qu'elle n'y fût point marquée et qu'alors le rédacteur du Catalogue ait cru pouvoir lui assigner celle des *Ragionamenti* auxquels ce Dialogue se trouvait joint. Mais, en la supposant juste, ce ne saurait être la même chose que les *Dialoghi doi di Ginevra e Rosana*, 1584, *in-8°*, puisque, outre la différence dans les noms des interlocutrices, il n'est là question que d'un seul dialogue.

Ce Dialogue *la P. E.* a été ensuite réimprimé avec d'autres ouvrages : 1° à la suite des *Ragionamenti di P. Aretino.* Cosmopoli, (Elzevier), 1660, *in-8°*; 2° à la suite de l'édition latine, *Joannis Meursii elegantiæ latini sermonis*, absque loco et anno (apud Batavos) *in-12.* (Lenglet du Fresnoy, *Bibl. des Romans, tom.* II, *pag.* 819; Sav. Quadrio, *Della storia e Ragione d'ogni Poesia, tom.* ou vol. VII, *pag.* 445 ; Freytag, *Analecta litteraria*, pag. 43) ; 3° dans deux éditions de *il Libro del Perchè*.